Das geheimnisvolle siebte Haus

EINE GESCHICHTE VON JEANNETTE B. FLOT

MIT BILDERN VON

DOROTHEE DUNTZE

EIN NORD-SÜD BILDERBUCH

© 1985 Nord-Süd Verlag, Mönchaltorf/Schweiz und Hamburg/Deutschland
Alle Rechte, auch die der auszugsweisen Vervielfältigung gleich durch welche Medien, vorbehalten
Lithographie: Photolitho AG, Gossau/ZH · Satz: Fotosatz Erwin Hissek, Konstanz
Gesetzt in der Futura Buch 16 Punkt · Herstellung: Druckerei Uhl, Radolfzell
ISBN 3 85825 236 0

Welch ein seltsames Dorf! Es liegt im Herzen einer kleinen Insel und besteht aus nur sieben Häusern. Weder das Dorf noch die Insel haben einen Namen. Und das Meer rundherum auch nicht. Such es nicht! Du wirst es auf keiner Landkarte finden und auf keiner Reise entdecken!

Alle Dorfbewohner folgen einem strengen Gebot: Nachts darf weder Mensch noch Tier draußen bleiben. Sobald die Sonne untergeht, ertönt von irgendwoher ein Glockenton. Das ist das Zeichen für die Dorfbewohner. Groß und klein eilen nach Hause. Fest verschließen sie die doppelten Fensterläden und Türen. Kein Licht dringt mehr nach draußen. Völlig dunkel liegen die Häuser da. Wirklich alle Häuser? Nein! Nur sechs Häuser. Denn das siebte Haus fängt wie ein riesiges Feuerwerk zu leuchten an. Es leuchtet so hell, als würden Millionen Strohbündel brennen. — Erst im Morgengrauen, wenn der Hahn kräht, erwachen die sechs Häuser wieder und das siebte Haus hört langsam auf zu leuchten.

Im ersten Haus wohnen ein Mann und eine Frau. Niemand weiß wie alt sie sind. Die beiden sind so glücklich, miteinander zu leben, daß sie vergessen zu sterben. Sie spazieren oft barfuß im Sand am Meer und sammeln Muscheln, die sie zu langen Ketten aufreihen. Manchmal wärmen sie sich die Hände in der Nähe des siebten Hauses, das seine Nachtwärme behält. Die zwei sind fest entschlossen, die Insel nicht zu verlassen, bevor sie erraten haben, wer im siebten Haus lebt.

Im zweiten Haus leben der Gärtner und die Gärtnerin mit ihren vielen Kindern. Alle zusammen versorgen die Dorfleute mit Gemüse, Früchten und Blumen.

Das dritte Haus gehört der Schneiderin. Ihr Mann ist auch Schneider. Die sechs Töchter helfen mit. Sie färben die Stoffe mit Kräutern und Blättern. Sie entwerfen Kleider und schneiden Stoffe zu. Sie heften und nähen, säubern und flicken und liefern jedem die gewünschten Kleider.

Der Bäcker und seine Frau, die Kuchenbäckerin, arbeiten im vierten Haus. Er knetet den Teig und formt die Brote und Brötchen. Sie rührt die Creme für die Torten und sticht die Lebkuchenherzen aus. In aller Frühe backen sie die Brote und Kuchen auf den brennendheißen Steinplatten rund um das geheimnisvolle siebte Haus. Ihr Sohn ist Geselle. Er hilft mit und verträgt Brote und Kuchen nach rechts und nach links, so viel wie jeder braucht.

Im fünften Haus leben die Affen, der Hund mit der Zigarre und die neugierigen Ziegen. Auch die Turteltauben, der Papagei und die kleinen Bären sind hier zu Hause. Sie alle sind kleine Zirkuskünstler und unterhalten mit ihren Kunststücken die Inselbewohner an langen Sommerabenden.

Drei Freunde – der Dichter, die Musikerin und der Maler teilen sich das sechste Haus. Sie erfreuen Herz, Ohren und Augen der Dorfleute.

Wenn die drei Freunde Feder, Gitarre und Pinsel aus der Hand legen, unterhalten sie sich gern. Immer wieder sprechen sie vom großen Rätsel: Wer wohnt im siebten Haus?

«Ich sage dir, das ist der Teufel, der sich dort versteckt, wenn wir schlafen.»
«Glaubst du etwa an den Teufel? Es ist sicher eine Hexe.»
«Ach was! Ein mächtiger Zauberer wohnt da!»

Wer wohnt wirklich im siebten Haus?
Niemand im Dorf weiß es. Niemand würde
es wagen, das Gebot nicht zu befolgen.
Niemand würde sich getrauen, die Tür des
siebten Hauses auch nur ein bißchen zu
öffnen. Niemand. Außer mir.
Wann immer ich will, kann ich
in das siebte Haus schlüpfen.
Ich, ha, ich allein,
ich der Salamander,
der, wie jeder weiß,
auch im Feuer leben kann,
ich gebe das Geheimnis preis:
Dort wohnt ———
Pscht! Leise! Sag es niemandem.
Niemandem! Verstanden?
Im siebten Haus, im geheimnisvollen Haus,
wohnt die Sonne! Hier ruht sie sich jede
Nacht aus. Keiner soll ihren Schlaf
stören. Und obwohl sie all ihre Strahlen
sorgfältig in einen riesengroßen
Schrank einschließt, leuchtet und
glüht das ganze Haus in ihrer
unendlichen Wärme wie ein Feuerball.
Das ist das Geheimnis:
Im siebten Haus wohnt die Sonne.